D1213536

Collection ENVOL

Pour les 6–8 ans

ENVOL se veut une initiation à la littérature et au monde de l'imaginaire.

Élise Bouthillier

Une Semaine sur deux

Éditions de la Paix

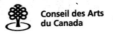

Conseil des Arts
du Canada

Canada Council
for the Arts

SOCIÉTÉ DE DÉVELOPPEMENT
DES ENTREPRISES CULTURELLES

Québec ⁛

Les Éditions de la Paix remercient le Conseil des Arts du Canada
et la Sodec de l'aide accordée à son programme de publication et
reconnaissent l'aide financière du gouvernement du Canada
par l'entremise du Programme d'Aide au Développement
de l'Industrie de l'Édition (PADIÉ) pour ses activités d'édition.

Les Éditions de la Paix bénéficient également du
Programme de crédit d'impôt pour l'édition de leurs livres
– Gestion SODEC – du gouvernement du Québec.

Élise Bouthillier

Une Semaine sur deux

Illustration
Simon Bousquet

Collection Envol, n° 46

Éditions de la Paix
pour la beauté des mots et des différences

Maison d'édition   **Les Éditions de la Paix Inc.**
127, rue Lussier
Saint-Alphonse-de-Granby (Qc) J0E 2A0
Tél. et téléc. : 450-375-4765
info@editpaix.qc.ca
www.editpaix.qc.ca
Boutique en ligne : editpaix.com

Illustration   Simon Bousquet

Direction littéraire   Sonia K. Laflamme

Révision   Jean Béland,
Jacques Archambault

Infographie   JosianneFortier.com

**Catalogage avant publication de Bibliothèque et Archives
nationales du Québec et Bibliothèque et Archives Canada**

Bouthillier, Élise

Une Semaine sur deux

(Collection Envol ; no 46)

Pour enfants de 6 à 9 ans.

ISBN 978-2-89599-064-2

I. Bousquet, Simon. II. Titre. III. Collection: Collection Envol
(Saint-Alphonse-de-Granby, Québec) ; no 46.

PS8553.O883U53 2008   jC843'.6   C2008-941538-8
PS9553.O883U53 2008

De la même auteure

La Soupe aux nez de bonshommes de neige, Éditions de la Paix, Collection Dès 6 ans, 2003.

Le Voleur de nez de bonshommes de neige, Éditions de la Paix, Collection Dès 6 ans, 2004.

Banane!, Éditions de la Paix, Collection Dès 9 ans, 2007.

"Non, le ridicule ne tue pas!" dans *Histoires de fous*, collectif de l'AEQJ, Éditions Vents d'Ouest, collection Girouette, 2007.

Chevalier de Lorimier, défenseur de la liberté, XYZ Éditeur, Collection les Grandes Figures, janvier 2008.

Une Semaine sur deux, Éditions de la Paix, Collection Envol, 2008.

Table des matières

1 - La colère gronde 9

2 - L'œil de l'ouragan 15

3 - La pire journée 19

4 - Deux maisons ! 25

5 - L'amoureuse 29

6 - L'amoureux 35

7 - La cachette 43

8 - Le pacte de paix 49

Dossier 54

1

La colère gronde

Je les entends qui hurlent. Même les voisins doivent entendre leurs cris. Ça fait longtemps qu'ils discutent avec des voix de tonnerre, comme si leurs débats concernaient le monde entier.

Tout a commencé bien avant la séparation...

Lentement, entre eux, le ton s'est mis à monter. À grimper si haut que mon maître et ma maîtresse ne s'écoutaient plus. Comme si les deux avaient les oreilles bouchées par les cris de l'autre.

Et moi, Elvis, leur chien adoré, je me trouvais au milieu de la tourmente... pris au piège. Je m'assoyais près de ma maîtresse pour la consoler quand elle pleurait. J'allais courir dehors avec mon maître pour qu'il se défoule. Quand ils étaient dans la même pièce, je faisais le fou pour les distraire de leur dispute.

Ça les faisait toujours rire, avant,
quand j'essayais de me mordre la
queue. J'avais envie qu'ils me

regardent et qu'ils s'esclaffent, comme autrefois. Mais rien n'a fonctionné. Ils s'entendaient comme chien et chat. À court de manigances pour les réconcilier, j'ai regardé le navire couler.

Puis, c'est arrivé : **la séparation.**

Au début, j'étais content. Je me disais que le pire était passé, que dorénavant il n'y aurait jamais plus de disputes. Quel chien ignorant j'étais !

2

L'œil de l'ouragan

La discorde a repris de plus belle lorsque mes maîtres ont commencé à se quereller pour savoir lequel des deux me garderait. Le tourbillon a continué, et j'étais au centre de l'œil de l'ouragan. Chacun d'eux tenait des discours différents :

— C'est moi qui voulais l'adopter à tout prix lorsque nous l'avons vu à l'animalerie, a commencé ma maîtresse. J'ai dû trouver mille et une raisons pour te convaincre que c'était une bonne idée de l'amener avec nous à la maison. Toi, tu n'en aurais jamais voulu !

— J'ai construit sa niche de mes propres mains, a répondu mon maître, et tu sais à quel point le travail manuel me cause des difficultés.

Ça, c'est vrai ! Ma niche a pris l'eau dès la première pluie !

— Moi, a répliqué ma maîtresse, je le brosse chaque jour pour que son poil ne s'emmêle pas.

— Je l'ai sorti pour lui faire faire ses besoins presque tous les matins de l'hiver, les pantoufles figées dans le frimas, a dit mon maître.

— C'est moi qui vais chez le vétérinaire pour ses vaccins, a affirmé ma maîtresse.

Ça, je ne comprends pas pourquoi elle en a parlé, car c'est affreux !

— Je l'amène en promenade pour lui faire faire de l'exercice, a rétorqué mon maître.

Et voilà que la liste s'allongeait sans cesse, jusqu'à devenir interminable.

Wouaf ! Il était loin le temps où ils me contemplaient tous les deux avec admiration. Depuis qu'ils voulaient se séparer, j'avais l'impression qu'ils me regardaient seulement pour essayer de m'attirer, chacun de son côté.

3

La pire journée

Je me rappelle une journée pire que les autres – si c'est possible ! Ils avaient déterminé que ce serait moi qui choisirais avec lequel des deux j'irais vivre.

— Mon beau Elvis, tu vas décider si tu viens habiter avec moi ou avec elle. Si c'est avec moi, tu fais un jappement.

— Si c'est avec moi, a continué ma maîtresse, tu en fais deux… d'accord, mon charmant toutou ?

Comment vouliez-vous que je décide ! Je les aime tous les deux et je ne voulais pas leur faire de peine ! Je ne savais plus sur quelles pattes danser !

J'avais l'impression d'avoir un chat dans la gorge. **Rgnrrrrrrrr...**

— Il a fait UN jappement ! s'est exclamé mon maître. Il veut venir avec moi !

— Non ! Ce n'est pas un jappement, ça. Il a grogné.

Ils n'avaient rien compris.

— Changeons de méthode ! a affirmé ma maîtresse. Je me mets à gauche du salon... Si tu veux venir vivre chez moi, tu viens me rejoindre et on ira manger du bon pâté !

— Ce n'est pas juste ! Tu fais du chantage. Elvis, viens avec moi à droite du salon juste parce qu'on s'aime très fort tous les deux...

— Qu'est-ce que c'est si ce n'est pas du chantage, ça ?

Vous vous demandez peut-être ce que j'ai fait ? Je me suis assis au centre de la pièce. J'ai pris soin de ne pas faire dépasser mes oreilles ni ma queue d'un côté ni de l'autre... Pour être certain qu'aucun des deux ne se fasse de fausses idées. Leur dispute a été tellement longue... que je me suis endormi au milieu du salon !

En fin de compte, c'est un juge au tribunal qui a tranché la question. Une semaine avec ma maîtresse, une semaine avec mon maître. D'un coup de marteau, il a fixé ma vie.

Depuis ce temps, je vis dans les deux maisons. Vous pensez que ça va mieux maintenant ? Hélas non !

4

Deux maisons !

Ils se chicanent encore quand ils se voient pour m'échanger, comme en ce moment. Ils ne sont pas contents.

Moi, je me suis caché dans le garde-manger de ma maîtresse. Mon maître est venu me chercher pour passer la semaine chez lui. Je les entends. Ils se parlent très fort.

— Quoi ? Tu as perdu Elvis !

— Non, il est caché. Il ne veut pas
te voir !

— Tu l'as perdu et tu ne me l'as pas
dit. Avoue !

— Comment peux-tu penser que je l'ai perdu ! J'en prends soin, MOI, d'Elvis !

Et voilà. La même rengaine qui reprend. Je sais ce qui va suivre. Elle lui dira qu'il ne s'occupe pas bien de moi puisqu'il me donne des croquettes pour chien d'une marque populaire. Donc, pour cette raison, toute la semaine suivante, j'ai l'estomac dérangé. Il lui répondra qu'elle ne me sort pas assez, que je manque d'exercice quand je suis chez elle et que c'est donc pour cela que j'ai l'estomac à l'envers quand je suis avec elle.

La suite, la voici. Il lui demande ma laisse. Elle la cherche partout. Il lui dit qu'elle est tellement désordonnée qu'elle l'a encore perdue. Elle a les larmes aux yeux, j'en suis certain, mais elle ne veut pas le montrer.

— Laisse faire, finit par dire mon maître. Ce n'est pas grave. J'en ai une nouvelle pour lui.

— C'est ça. Je gage que c'est ton amoureuse qui l'a achetée ?

— Oui, elle a trouvé une laisse top technologique pas trop chère. Ça sera encore mieux pour Elvis !

— Je sais... Je ne suis pas aussi bonne qu'elle, moi.

Il lui dit que ce n'est pas ce qu'il a voulu dire... Et voilà, les larmes retenues deviennent un torrent.

5

L'amoureuse

Oui. Maintenant, dans nos vies, il y a l'amoureuse. Mon maître m'a présenté son amoureuse et elle m'a flatté brusquement, à rebrousse-poil. Je n'aimais pas tellement son air. C'était évident qu'elle me séduisait seulement pour l'impressionner. J'ai été très gentil. Je n'ai pas grogné… même si j'en avais grande envie. Ses caresses rudes me faisaient m'ennuyer de ma maîtresse, car elle sait si bien me câliner.

Un jour, l'amoureuse s'est installée à son aise chez mon maître. Tout a changé. Mon existence s'est transformée en régime militaire. Un nouveau règlement par-ci, un autre nouveau règlement par-là... Je ne savais plus ce que j'avais le droit de faire. Je ne me sentais plus à ma place. Comme un chien dans un jeu de quilles !

Les meubles sont devenus trop chics pour que je puisse m'y prélasser.

L'amoureuse m'a interdit de dormir
dans le lit des maîtres et m'a acheté une
couverture juste pour moi, comme si
elle me faisait un grand honneur.

Maintenant, je dois me coucher uniquement sur cette couverture. Wouaf. Quelle chienne de vie !

Entre ma maîtresse et l'amoureuse, ce n'est pas rose. C'est que l'amoureuse, elle, aurait bien voulu que ses nouveaux règlements soient appliqués aussi chez ma maîtresse. Comme ça, ce serait plus facile pour mon maître et pour l'amoureuse de me faire respecter les nouvelles lois. Mais il ne fallait pas croire que ma maîtresse se ferait imposer quoi que ce soit par l'amoureuse. Encore moins sa réglementation pour les bêtes.

Ça, c'est pour ne pas dire sa réglementation bête.

6

L'amoureux

Un jour, aussi sournoisement que chez mon maître... Un amoureux est arrivé chez ma maîtresse. J'ai tout de suite senti que quelque chose clochait. Mon odorat ne me trompe jamais. Cet amoureux, il sentait... il sentait... IL

PUAIT LE CHAT ! Quand il s'est approché de moi tout joyeux, j'ai grogné. **Grrrrr** !

Je n'en voulais pas, moi, d'un amoureux chez ma maîtresse. Un amoureux qui empeste le chat en plus, quel crime ! Elle a osé l'amener dans notre maison, et ce sera quoi la suite ? Un félin ? Non ! Pas un, mais deux ! !

— Mais oui, Elvis, m'a dit ma maîtresse pour me convaincre. Il est tellement merveilleux, l'amoureux, et il t'aime beaucoup. C'est important quelqu'un qui aime les animaux. Il te traitera bien. Je te l'assure.

Pour aimer les animaux, il les aime ! Le voilà alors qui emménage chez ma maîtresse avec SES chats.

Ces félins malodorants s'installent, sans aucune gêne, dans mes habitudes. Ils envahissent ma vie privée. Ils imprègnent tout de leur odeur nauséabonde. Ils me narguent de leurs regards hautains... Ils me sautent sur le dos en pleine sieste, ils crachent sur moi dès que j'essaie de les approcher pour jouer. Je ne sais plus quoi faire pour retrouver une vie normale. Aussi bien donner ma langue... aux chats.

Quand je grogne, ma maîtresse me dit :

— Elvis, fais attention aux minous. Ils viennent de subir un gros choc nerveux à cause du déménagement. Sois gentil avec eux.

Et moi ? Ça ne m'a pas donné un choc ? ai-je envie de lui répondre.

Mon plus gros problème, c'est que je dois partager ma maîtresse avec eux. Lorsque les chats viennent frôler ses jambes, elle sursaute de joie : Que vous êtes mignons, les beaux minets !

BEAUX ! Ils sont horribles avec leur affreuse tête de chats trop doux. Elle n'a plus de temps pour moi. C'est comme si je n'existais plus. Je m'ennuie des heures que ma maîtresse passait autrefois à me brosser le poil.

Avec tout ce monde dans sa maison, ma maîtresse semble toujours fatiguée. Sans compter son ventre qui ne cesse de grossir. On dirait bien qu'il explosera d'un instant à l'autre. Elle n'arrête pas de le câliner comme s'il contenait la chose la plus précieuse du monde.

Moi, je sais ce qui se cache derrière
son gros bedon... de la crème glacée !
J'aimerais pouvoir lui dire d'arrêter
d'en avaler. Elle se lève même la nuit
pour en manger. Mais je ne lui fais pas
savoir qu'elle devrait cesser d'en

engloutir, car c'est mon moment préféré de la semaine. Pour une fois, je suis seul avec elle. Enfin ! Ma maîtresse s'assoit au milieu de la cuisine et je me love près d'elle. Nous sommes isolés du monde entier.

7

La cachette

Voilà mon histoire. Enfin, notre histoire à tous les trois.

C'est à la suite de tout cela que j'ai décidé de me cacher dans le garde-manger et d'y rester pour l'éternité... Oui, quand même, j'ai fait un choix raisonné. Le garde-manger, ce n'est pas un hasard. Et ce n'est pas un hasard non plus si j'ai choisi celui de ma maîtresse. La nourriture y est excellente. Je veux bien m'emprisonner, mais pas mourir de faim...

Tiens, c'est bizarre. Depuis que ma maîtresse a versé des torrents de larmes à cause de la laisse top technologique, je ne les entends plus parler fort. Je sais qu'ils discutent. Mais même avec mon ouïe de chien super développée, je ne les comprends pas.

Je dois donc sortir du garde-manger. À l'aide de mon museau, je pousse la porte avec une grande douceur. À petits pas, je me glisse vers l'entrée et je me cache dans le corridor.

De là, je perçois enfin tout ce qu'ils se disent. Pourvu qu'un de ces sales chats ne vienne pas dévoiler ma présence !

— Comment en sommes-nous arrivés là ? demande ma maîtresse, le nez dans un mouchoir.

— Je ne sais pas, répond mon maître. Par contre, ce qui est certain, c'est que nous sommes en train de perdre Elvis à tout jamais.

— C'est vrai. J'ai remarqué qu'il semblait très malheureux. Il n'a plus envie de jouer. C'est comme ça aussi, chez toi ?

— Oui, affirme mon maître. Peut-être qu'il n'aime pas la garde partagée... Si ça le fait dépérir, je suis prêt à te le laisser pour toujours.

Accepterais-tu que je vienne le voir un peu... de temps en temps ?

— Tu voudrais faire ça ? demande ma maîtresse, ébahie. Tu sais, il serait peut-être mieux chez toi. Je sais qu'il ne raffole pas des chats. Je m'ennuierais tellement de lui, mais s'il est mieux chez toi...

WOUAFFF ! NON ! Je ne veux pas arrêter de les voir. Ni mon maître ni ma maîtresse. Je ne veux pas cesser la garde partagée. Je veux seulement qu'il n'y ait plus de chicane...

Je bondis hors de ma cachette et je saute partout autour d'eux. Je lèche la main de mon maître. Je me frotte la tête sur les jambes de ma maîtresse.

8

Le pacte de paix

Si seulement j'étais un humain, je pourrais leur dire : Ne m'abandonnez pas ! J'aimerais seulement que vous fassiez la paix. Je vous aime.

Ma maîtresse est la première à comprendre :

— Peut-être pourrions-nous commencer par faire la paix ?

— La paix ? demande mon maître. Est-ce possible ?

Oui ! Wouarff ! Oui, je me rappelle, moi, que la paix a déjà existé entre vous.

Je fais alors la seule chose que j'imagine à ce moment pour les convaincre : je fais le beau.

— Regarde, s'exclame ma maîtresse.

— Tu te rappelles quelle difficulté nous avons eue à lui montrer à faire ce tour ? demande mon maître.

— Oui, mais nous avons réussi. Alors, nous pouvons réussir à faire la paix... pour Elvis.

Je suis si content ! Maintenant, je peux aller m'amuser chez mon maître,

car je sais qu'il n'y aura pas de dispute entre eux lors de mon retour chez ma maîtresse.

Je cours vers le salon. J'avais caché ma laisse sous un divan. Quand je reviens avec la laisse dans ma gueule, les deux se mettent à rigoler. Un rire que je n'ai pas entendu depuis si longtemps. Comme ça fait du bien !

Je m'assois pour que mon maître attache ma laisse. Pendant ce temps, ma maîtresse me gratte la tête.

— Bonne semaine, mon beau toutou !

Je lui donne un petit coup de museau sur la joue pour lui montrer que je l'aime et que je suis impatient de la revoir à la fin de la semaine. Puis nous partons, mon maître et moi. Pendant que nous marchons ensemble, je ne peux m'empêcher de me demander à quoi ressemble une laisse top technologique. J'ai hâte de voir ça !

Dossier

Quand les parents se séparent...

(L'usage du masculin comprend le féminin.)

Elvis vit une situation particulière lors de la séparation de ses maîtres. Ce récit se veut le miroir des sentiments qui peuvent envahir un enfant dont les parents se séparent. Cette histoire dédramatise une telle situation en allant chercher l'enfant au sein de ses sentiments, l'éclaire en lui permettant de découvrir qu'il n'est pas responsable de ce que les autres vivent et, enfin, le rassure en lui démontrant qu'au-delà de la discorde, la paix pourra toujours revenir au sein de sa famille.

Quand Élise Bouthillier écrit pour les enfants, c'est l'Élise de 6-7-8 ou 9-10-11 ans qui prend la parole avec les mots de l'adulte qu'elle est aujourd'hui devenue. Elle est restée assez près de l'enfant qu'elle était pour vivre chaque situation avec les mêmes émotions.

Pour écrire le récit *Une Semaine sur deux*, l'auteure s'est inspirée de la séparation de ses parents et de la sienne, deux événements qui lui ont permis de vivre la même situation, mais des deux côtés de la clôture. Elle l'a vécue en tant qu'enfant, puis en tant que maman, chaque fois avec des sentiments différents. Grâce à son petit chien Elvis, elle a voulu faire vivre un personnage dans cette tourmente pour démontrer qu'il est toujours possible de surmonter la discorde en écoutant les autres et en remplissant son cœur d'amour. Le petit chien s'est imposé comme personnage principal, car avec lui on peut pousser les situations un peu plus loin et aussi parce qu'il ne parle pas directement à ses maîtres. Les enfants sont souvent sans voix dans une telle situation.

Pour l'auteure, il était intéressant de présenter aux jeunes une situation de séparation qui ne fait pas explicitement référence à la séparation des parents. Cela permet à chaque lecteur, qui vit cette situation et qui lit l'histoire, de s'identifier aux personnages sans toutefois lui imposer de le faire.

* * *

Si tu es devant un choix difficile à faire, comme celui d'Elvis, qu'est-ce que tu fais ?

a) Je me roule en boule au fond de mon lit.
b) J'essaie de tout faire pour que mes parents reviennent dans la même maison.
c) Je trouve quelqu'un à qui je peux parler de mes sentiments.

d) Je deviens un petit monstre pour que mes parents s'occupent de moi.

e) Toutes ces réponses.

Je suis persuadée que dans un cas comme celui-là, tu as envie de répondre e). Comme Elvis, peut-être que toi ou quelqu'un que tu connais a dû faire un choix difficile ou vivre dans deux maisons. Alors, tu comprends bien la difficulté d'Elvis à faire un

choix ! La différence entre Elvis et toi (à part les oreilles, le museau, les longs poils et encore quelques autres petits trucs), c'est que tu peux parler. Elvis ne peut pas expliquer comment il se sent alors que toi, tu peux ! Expliquer tes sentiments, c'est même une très bonne façon de passer à travers plusieurs situations difficiles.

Si, comme les maîtres d'Elvis, tes parents vivent dans deux maisons, comment te sens-tu ? Ou, si ça t'arrivait, comment te sentirais-tu ?

a) Abandonné.

b) Bien triste.

c) Chagriné.

d) Drôlement mélangé.

e) Excité.

f) Furieux.

g) Glacé de terreur.

h) Heureux pour eux.

i) Inquiet.

j) Joyeux d'avoir deux chambres.

k) Kidnappé.

l) Lâche.

m) Malheureux.

n) Nuisible.

o) Obligé de faire ce qu'on me dit.

p) Pas écouté.

q) Quelquefois content et quelquefois pas content.

r) Rouge de colère.

s) Seul.

t) Tricheur quand je parle à l'autre parent.

u) Utilisé.

v) Vraiment mélangé.

w-x-y-z) J'aimerais qu'il y ait plus que 26 lettres dans l'alphabet parce que ce n'est pas assez pour décrire comment je me sens…

Quelquefois, le plus difficile, ce n'est pas seulement exprimer nos sentiments. C'est aussi les comprendre. Quand nous vivons des situations comme celles d'Elvis, toutes sortes de sentiments mélangés nous tiraillent. Ça devient difficile de parler parce qu'il y a une tempête d'émotions dans notre cœur. C'est normal.

À qui peux-tu parler de tes sentiments ?

a) Mes amis et mes amies.

b) Mes parents.

c) Mes oncles et mes tantes ou mes grands-parents.

d) Un adulte en qui j'ai confiance à l'école.

e) Tel-Jeunes.

f) Une autre personne (par exemple, mon professeur de piano, mon entraîneur de hockey, etc.

Plusieurs personnes sont là pour t'aider. Quand nous vivons dans une tempête de sentiments, nous ne voyons pas les gens qui peuvent nous aider. Il faut ouvrir un peu les yeux pour les trouver.

Si les adultes et tes amis sont trop pris dans leurs propres problèmes, tu peux aussi trouver du soutien chez Tel-Jeunes en téléphonant au

1 800 263-2266

ou en visitant le site Internet :

www.teljeunes.com

Sources Mixtes
Groupe de produits issu de forêts bien
gérées et de bois ou fibres recyclés.
www.fsc.org Cert no. SGS-COC-2624
© 1996 Forest Stewardship Council

Achevé d'imprimer en septembre 2008
sur les presses de l'imprimerie Gauvin,
Gatineau, Québec